快乐魔法学校

③ 谎言戳穿术

© 2015, Magnard Jeunesse

本书简体中文版专有出版权由Magnard Jeunesse授予电子工业出版社。未经许可，不得以任何方式复制或抄袭本书的任何部分。

版权贸易合同登记号 图字：01-2023-4943

图书在版编目（CIP）数据

谎言戳穿术 ／（法）埃里克·谢伍罗著；（法）托马斯·巴阿斯绘；张泠译. --北京：电子工业出版社，2024.2
（快乐魔法学校）
ISBN 978-7-121-47223-7

Ⅰ.①谎… Ⅱ.①埃… ②托… ③张… Ⅲ.①儿童故事－法国－现代 Ⅳ.①I565.85

中国国家版本馆CIP数据核字（2024）第034280号

责任编辑：朱思霖　文字编辑：耿春波
印　　刷：北京瑞禾彩色印刷有限公司
装　　订：北京瑞禾彩色印刷有限公司
出版发行：电子工业出版社
　　　　　北京市海淀区万寿路173信箱　邮编：100036
开　　本：889×1194　1/32　印张：13.5　字数：181.80千字
版　　次：2024年2月第1版
印　　次：2024年2月第1次印刷
定　　价：138.00元（全9册）

凡所购买电子工业出版社图书有缺损问题，请向购买书店调换。
若书店售缺，请与本社发行部联系，联系及邮购电话：(010) 88254888, 88258888。
质量投诉请发邮件至 zlts@phei.com.cn，盗版侵权举报请发邮件至 dbqq@phei.com.cn。
本书咨询联系方式：(010) 88254161 转 1868，gengchb@phei.com.cn。

[法]埃里克·谢伍罗 著　[法]托马斯·巴阿斯 绘　张泠 译

快乐魔法学校

③ 谎言戳穿术

电子工业出版社
Publishing House of Electronics Industry
北京·BEIJING

目录

第一回　考尔内李尤斯·普利姆斯　　5

第二回　父母战争　　11

第三回　摩尔迪古斯竭尽全力！　　19

第四回　适得其反　　27

第五回　第二次尝试　　33

第六回　真相大白　　39

第 一 回
考尔内李尤斯·普利姆斯

今天晚上,考尔内李尤斯·普利姆斯要来我家里吃晚饭。他是魔法电视台《巫师的厨房》节目的主持人。几个星期以来,妈妈一直跟他一起工作。以前,妈妈的主要工作是撰写魔法咒语书籍。但是整天一个人待在书房里搞创作,让妈妈觉得有些与世隔绝,于是她决定在职业上进行一次融合创新,她把自己最喜欢的两件事情——厨艺和魔法——结合在一起,并上了考尔内李尤斯先生的节目,跟他一起作主持。

"你妈妈就是去白干活的,哼!"爸爸对此事非常不屑,他很不喜欢看电视,也特别反感考尔内李尤斯那副自以为是的样子……

爸爸是一位巫师兼解魔师。他的主要工作是帮助出事故的巫师们摆脱困境:有的巫师会把熬制魔法药水的锅弄坏,有的施了咒语之后怎么也解不开……但自从爸爸有了上一次"疲劳过度"的经历之后,他就决定待在家里安安静静地写一本巫术历史方面的书。

门铃响了起来。妈妈在厨房里面喊我:"摩尔迪古斯,你可以去开一下门吗?"

我赶紧去开门。我刚打开门,妈妈就急匆匆地跑过来,她一边在围裙上抹着双手,一边问我:"你知道这位先生是谁,对吧?"

考尔内李尤斯非常大声地抢过话头:"他当然知道我是谁!你妈妈跟我说,我主持的节目你一集都不落……"

"他的节目"？那妈妈的呢？？

考尔内李尤斯边说边挤出一个大大的笑脸，他那两撇小胡子不自然地翘起来，好像自行车把手的形状一样。这个比喻是爸爸想出来的，他一直觉得考尔内李尤斯的样子非常滑稽可笑。

我们的客人握住了爸爸的手："嘿，老兄，我相信你一定很为奥克塔维雅感到骄傲吧！"

老兄？！看样子他应该比我爸爸至少老一百岁吧！

"我们这本书肯定能大获成功！"

考尔内李尤斯计划把妈妈所有的菜谱编成一本书，书的名字就叫《魔法厨房：谁都可以成功的神奇拿手菜》。

妈妈把刚烤好的南瓜派放在餐桌上，然后招呼大家赶快上桌："请品尝我的家传配方南瓜派。"

吃饭的过程中，我们的客人一直在讲笑话，但是他的笑话一点儿也不好笑。突然，他对爸爸说："嗨，老兄，我要把你的妻子带走几天，你不会介意吧？"

爸爸正把一勺大虾冰激凌塞进嘴巴，一听到这个，差点儿噎住。

"啊！他当然不介意！这次的行程……"妈妈抢着替爸爸回答。

爸爸一脸惊讶，他怒气冲冲地瞪向妈妈。哦，哦！空气瞬间紧张起来……

第二回
父母战争

不管怎么样,爸爸妈妈还是忍到了客人走后。考尔内李尤斯刚一离开,我就在自己的房间里听到他们吵了起来。因为他们吵得太大声,所以我一句不落,都听到了。

原来,两周以后,《魔法厨房》这本书要进行巡回展销,妈妈要跟着考尔内李尤斯一起到处做宣传。

"你到底打算什么时候告诉我？"爸爸气呼呼地大声责问。

爸爸和妈妈本来计划好了要在两周以后出发去魔法岛度假。因为爸爸觉得妈妈又要录制节目又要赶着写书实在太辛苦，而且这两个工作也赚不到多少钱，他觉得妈妈付出这么多辛苦太不值得。

"我看哪,"爸爸继续抱怨,"什么《巫师的厨房》,简直糟透了!我再也不会见这个家伙,你也别干了!"

"啊,你终于说实话了,"妈妈高声反驳,"你就是这样支持我工作的吗?"

自从妈妈找到这份新工作,家里就一直战火不断。我非常担心这样下去,后果不堪设想……

楼下咣当一声,不知道谁摔门出去了。然后一片寂静,好像被魔法封印了一样。

阿尔诺说出了我的担忧:"他们吵架,呱……"

阿尔诺是我的癞蛤蟆。实际上,它原来是一个名叫阿尔诺的王子。有一天王子阿尔诺拒绝帮助一个老太婆提水桶,老太婆一气之下就把他变成了癞蛤蟆。要知道,巫婆们就爱变成老太婆引诱自私的王子们上当。

自从变成癞蛤蟆,阿尔诺彻底沮丧了,看什么都很悲观。

"这下,呱,可能要离婚,呱,你相信我,呱……"

"你真这么，呱……哎呀，我是说，你真这么觉得？"

"我看呢，你要是想确定这是不是真的，呱，"阿尔诺建议我，"倒是有一个好办法，呱……"

不用它把话说完，我就已经知道这肯定是个馊主意。但是，我却忍不住听取了它的建议……

于是，第二天，趁着妈妈去录节目、爸爸去跑步的机会，我悄悄地来到了他们的房间。妈妈的水晶球端端正正地摆在床头柜上。妈妈曾严令禁止爸爸和我触碰她的水晶球！妈妈说水晶球是非常私人的东西，不能借给任何人。但是，眼下，应该属于紧急情况。

我用两只手捧起水晶球,开始努力地集中意念。水晶球里先是腾起了一股黑烟。黑烟越来越重,一个侧影显现出来,然后逐渐清晰。

"哎呀!"我吓得一失手,水晶球滑落到地上,在我的惊恐中,摔成了碎片!

第 三 回
摩尔迪古斯竭尽全力!

我整个人都吓呆了。时间好像静止了。水晶球里面,我看到的那个侧影,竟然是考尔内李尤斯!他喜笑颜开,手里举着一本《魔法厨房》,书上的署名只有考尔内李尤斯一个人!妈妈的名字根本没有出现在封面上!!

这个大坏蛋从来没想过跟妈妈分享成功！他就是单纯地想利用妈妈的才华。妈妈和爸爸不能去度假，他们就要离婚了，这可不得了。

我的脑子一下子乱了。怎么才能告诉妈妈真相，又不让她知道我动了她的水晶球呢？我有没有时间去买一个新的水晶球回来？如果有时间，那钱呢？要是买一个新的回来，妈妈会不会看出破绽？

钥匙开大门的声音打断了我的思路。容不得我多想，时间紧迫！我赶紧溜出爸爸妈妈的房间向楼下的厨房冲去，正巧在楼梯上看到妈妈，妈妈看到我觉得挺奇怪："哎，你这么急，是来迎接我吗？"

"啊，不是，我正巧要吃甜点。"我编出一个理由。

妈妈向她的房间走去。在她发现犯罪现场之前，我也就只有那么几秒钟的宝贵时间可以利用。我一伸手，从架子上抓起魔法蛋。这个魔法蛋其实是一个计时器，妈妈做饭的时候总用它来提醒时间。但是，如果把魔法蛋反向扭转，就能让时间倒流！如果蛋糕烤焦了，这个功能就能派上用场。

只听一声尖叫传来："我的水晶球！"

我别无选择！

在倒转魔法蛋之前，我刚巧瞥见了架子上有一个小纸包，一个念头瞬间闪过。我抓起这个小纸包塞进口袋，然后一下子把魔法蛋反向扭了一圈。

所以，就在妈妈怒气冲冲地出现在她房间门口的一瞬间，一切都倒转起来……

因为我把时间定在了考尔内李尤斯来家里吃晚饭之前的那一刻。

于是……

门铃响了起来。妈妈在厨房里面喊我:"摩尔迪古斯,你可以去开一下门吗?"

哈,成功啦!真是太棒啦!!

趁着爸爸和考尔内李尤斯寒暄的机会,

我悄悄地把小纸包里的药粉撒在了考尔内李尤斯的酒杯里。

然后神不知、鬼不觉，我把那个写着"真话药粉"的小纸包又藏回了口袋。

我的计划是这样的：只要考尔内李尤斯一喝下真话药粉，我就对他发问，他就会承认他其实就是想利用妈妈。

但是,没想到啊,在大家入席的时候,考尔内李尤斯竟然坐在了爸爸的座位上!我还没来得及采取措施,那杯本来准备给考尔内李尤斯的酒,让爸爸一饮而尽……

第四回
适得其反

考尔内李尤斯很快就开始讲他的那些无聊笑话。这次爸爸一点儿没有假装配合,他直接把心里话说了出来:"你的笑话简直无聊至极,考尔内李尤斯!"

真话药粉的药效真显著。考尔内李尤斯一下子惊呆了,他张嘴想说什么,但是又马上把嘴闭上。爸爸才不管他,继续抱怨："你的那个破节目也无聊至极。如果没有我妻子的神奇菜谱，你一无是处！"

考尔内李尤斯瞠目结舌，妈妈想插话进来，但是爸爸完全不给妈妈机会，好像谁也拦不住他滔滔不绝："难道没有人告诉过你，你的小胡子简直荒唐至极，十分可笑吗？"

这对考尔内李尤斯来讲实在有些过分。他终于咆哮起来："还从来没有人敢这样对待我！我可待不下去了！"

他猛地站起身来，把餐巾往桌上一摔，转身向门外走去。到了门口他回过头来对妈妈叫道："奥克塔维雅，你的丈夫必须向我道歉！否则，你就再也别想上电视啦！"

妈妈赶紧起身去追考尔内李尤斯,但考尔内李尤斯已经摔门而去。妈妈转过身盯着爸爸,气得双眼冒火:"这下你满意了吧,啊?你一直想这么做,对吧?"

爸爸也对自己的行为感到十分震惊，他支支吾吾什么都解释不清。

天哪，我本来是想扭转局面的，但是好像搞砸了……突然，我意识到这一切都是我的错，是我改变了事情的走向。

看来,只有一个办法能弥补我的过错。

魔法蛋最多能调回到24小时之前,所以我应该还能再往前调一个小时。

于是我悄悄地在桌子底下反扭了魔法蛋,一切瞬间倒转起来。于是……

第五回
第二次尝试

妈妈在厨房忙碌。考尔内李尤斯还有几分钟才能到我家。我正在客厅里玩游戏。爸爸在读《巫师杂谈》。

这次,我唯一的胜算就在于能不能把爸爸叫到房间里并让他看看水晶球里的预言。

这实现起来不太容易,但一想到爸爸对考尔内李尤斯的反感,我觉得值得一试。

"爸爸?"

"嗯……"

"你可以上来一下吗?我想给你看个东西。"

爸爸满脸疑惑地跟我上楼进了房间。

当时的水晶球还完好无损,我刚一伸手想拿,爸爸立即扯住我的胳膊。

"摩尔迪古斯,你妈妈不许任何人碰她的水晶球,你疯了吗?"

事已至此,我不得不把我知道的一切全盘托出。

"爸爸,事关重大,你一定要相信我!"

爸爸迟疑了片刻,决定相信我。于是他向身后看了看,确定妈妈没有跟上来,然后伸出手小心翼翼地拿起了水晶球……他把水晶球捧在手中开始集中意念,我不确定他到底看到了什么,眉头越皱越紧。

"这个混蛋!你说的没错,儿子,这个考尔内李尤斯坏透了,他就是在耍花招。必须让你妈妈知道真相!"

"让我知道什么真相?"妈妈的声音突然从我们身后传来。

爸爸吓了一大跳,他惊叫一声,水晶球应声落地……第二次摔得粉碎。

"我的水晶球!"妈妈惊呼。

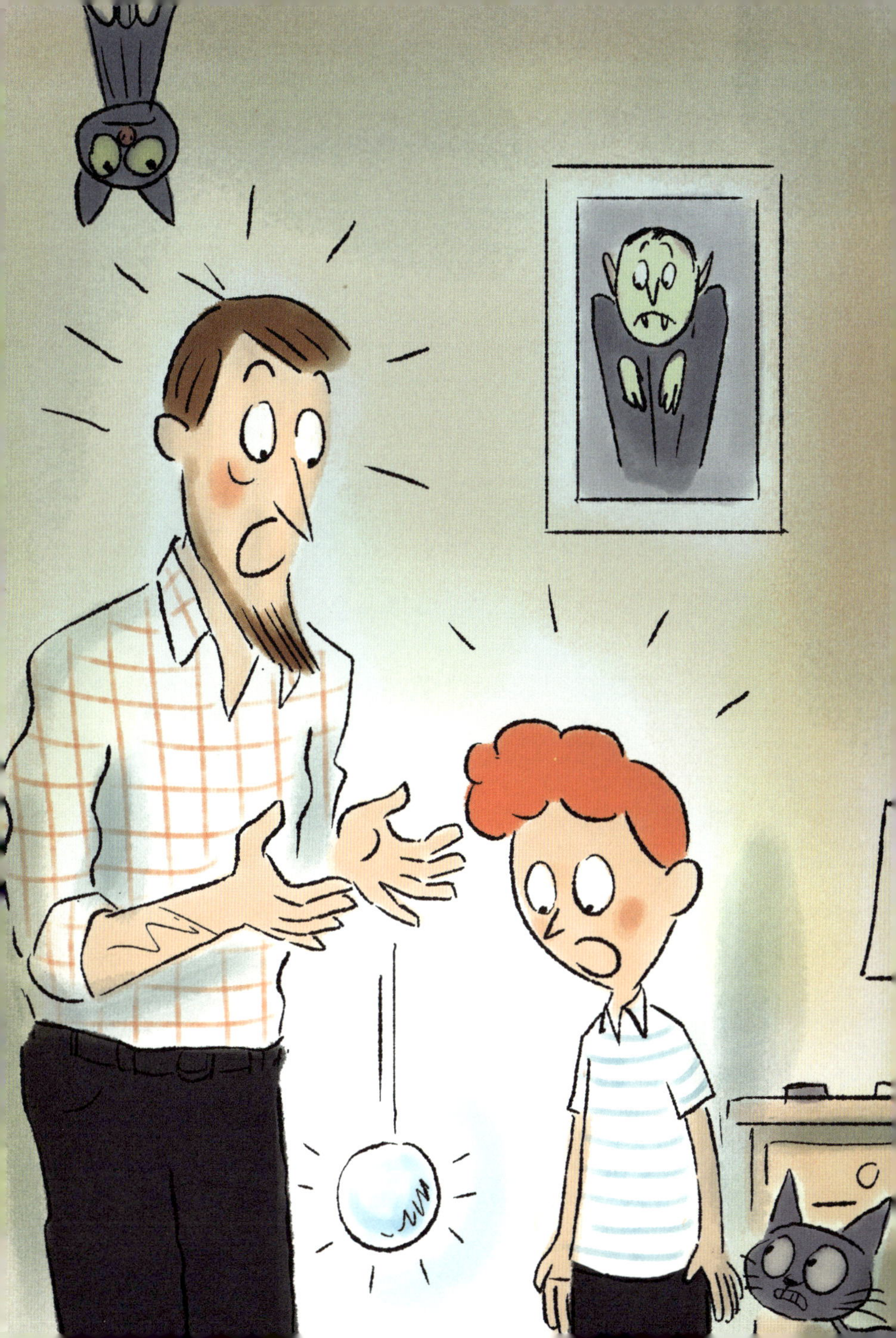

惊慌失措的爸爸忙不迭地道歉。

"妈妈,都是我的错!不关爸爸的事儿。"

考尔内李尤斯马上就要到了,我只能讲个大概。

爸爸妈妈不但没明白,反而惊呼:"没有经过我的允许,你竟然使用了我的水晶球和魔法蛋?"

"你在我的杯子里面下了药?"

我还没来得及回答他们,门铃第三次响了起来……

第六回
真 相 大 白

好吧,我确实是搞砸了。我不仅没有阻止考尔内李尤斯,还让妈妈生了我的气。

妈妈强压怒火,自己下楼去开门。在她迎接考尔内李尤斯的时候,爸爸低声问我:"你手里还有真话药粉吗?"

听到爸爸这么问我很震惊，我点头承认并把小纸包递给了他。

妈妈在客厅里招呼我们："晚饭准备好了，快上桌吧！"

吃饭的时候，气氛有些不自然，但是考尔内李尤斯丝毫没有察觉。他开始讲他那些无聊的笑话："为什么不能指望戴眼镜的红发女巫飞得高？"

突然，考尔内李尤斯瞪圆了眼睛，不敢相信听到自己脱口而出："因为，她眼神不好会从扫帚上掉下来……"

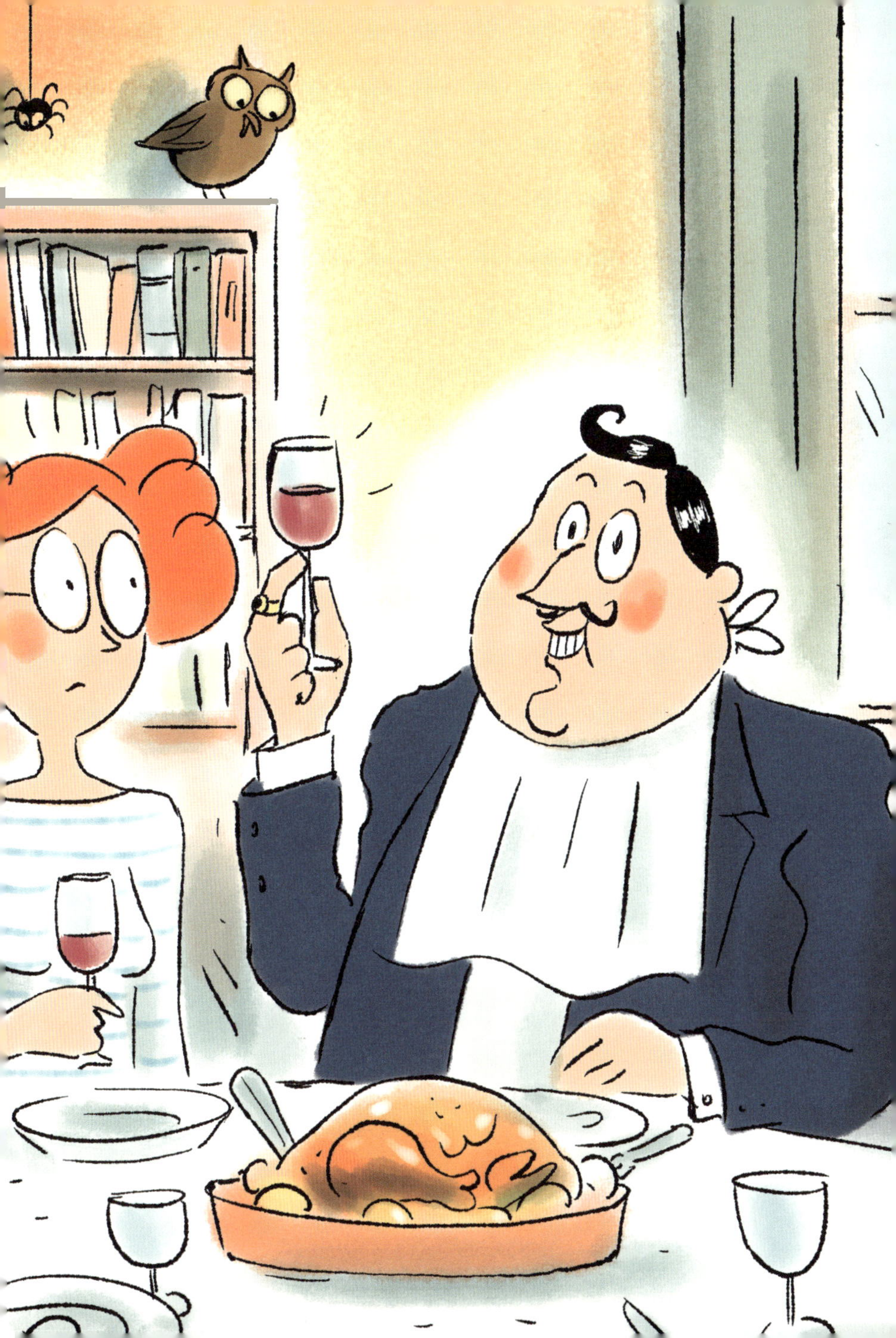

考尔内李尤斯想伸手捂住自己的嘴巴,但是完全没用,真相正滔滔不绝地从他的嘴巴里冒出来:"我啊,就是爱说谎骗人,我最擅长利用人。我就是不折不扣的谎话大王!"

爸爸也大声斥责道:"考尔内李尤斯,你就是一个谎话精!说是邀请奥克塔维雅一起去巡展,你其实就是想利用她的才华,你从来没有想过跟她分享任何成果!"

"赛普迪姆斯,你在说什么?"妈妈十分愤怒,"不能这样对待我的客人!"

"你相信我,"爸爸对妈妈说,"我再过分,都比不上这个混蛋对你的方式过分。考尔内李尤斯,你自己坦白吧!"

"这都是真的,奥克塔维雅,我太失败了!"考尔内李尤斯完全不能抵抗真话药粉的威力,"我就是一个篡夺别人成果的坏蛋,我就是不尊重女性的大男子主义者,我就是一个彻头彻尾的大骗子,我就是……"

"够了,考尔内李尤斯,我们已经看清楚了!"爸爸打断了考尔内李尤斯,"奥克塔维雅,你明白了吧,等他卖完他的书,你就没有利用价值啦!"

"天哪,考尔内李尤斯,快告诉我这不是真的!"妈妈震惊极了,急切地追问。

考尔内李尤斯低下了头。他知道再多说什么都不过是增加自己的罪恶。他唯一能做的，就是站起身，弓着腰，默默地离开。

"再见了，奥克塔维雅。真相就是，我在厨艺方面完全跟你没法比，没有你这个天才，我的节目就不可能成功。

我明天就辞职,你来接手《巫师的厨房》吧!"

妈妈有些反应不过来,她呆呆地看着考尔内李尤斯走出我们家,一时说不出话来。

谁知道明天考尔内李尤斯会不会像他说的那样做……有可能这只是真话药粉的一时作用。

但至少,妈妈知道了真相。

"你不会怪我们吧?"爸爸问妈妈。

"我怎么能怪你们呢,"妈妈有些愧疚,"多亏摩尔迪古斯,我才终于知道别人是想利用我……但是你们放心吧,我不会让他得逞!"

"那我们还能按计划去魔法岛度假吗?"

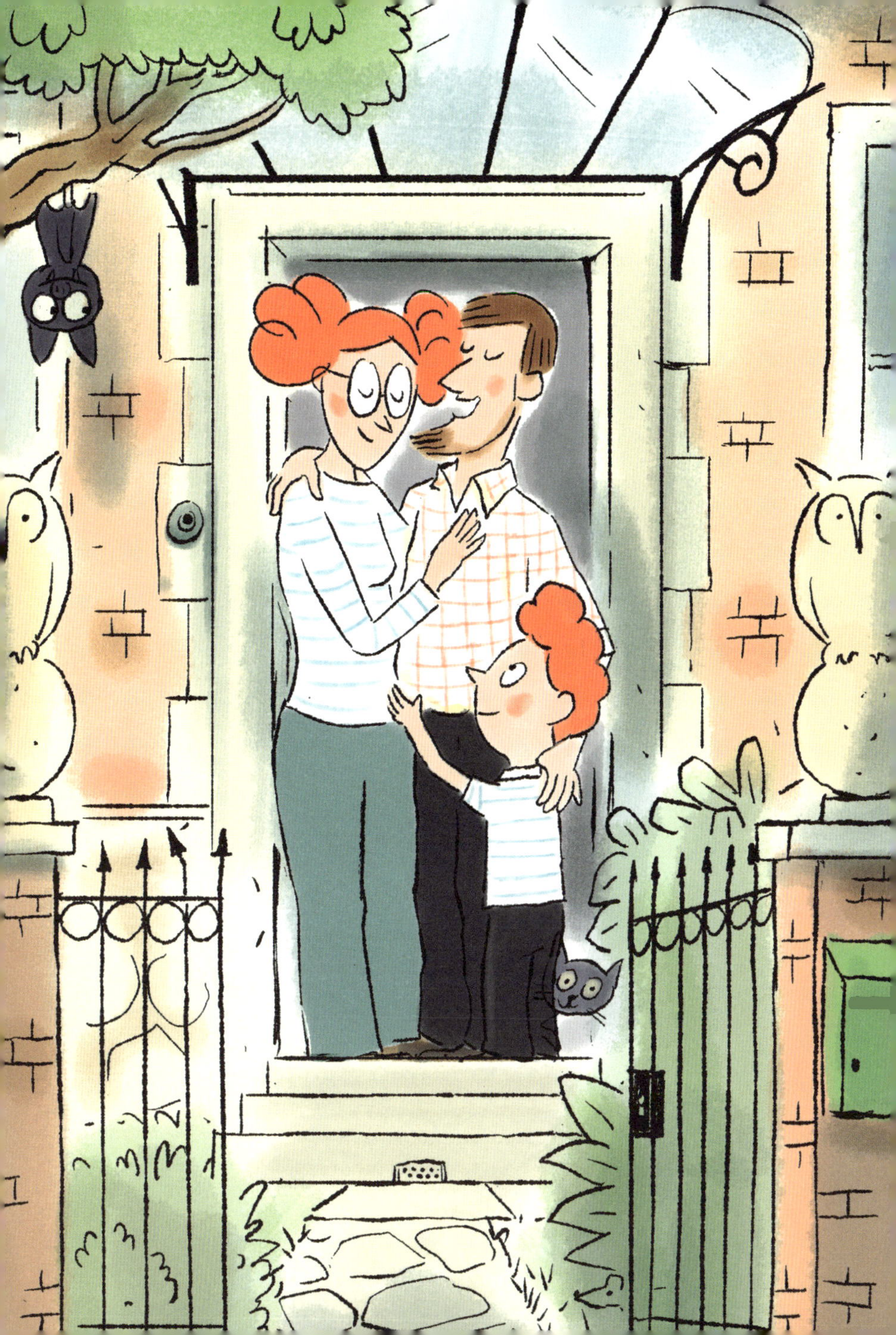

"当然能,我现在最需要的就是度假啦!哦,当然,我还需要一个新的水晶球……"

爸爸答应明天就送妈妈一个新的水晶球。

我们三个人紧紧地拥抱在一起,感觉好幸福!

经历了这次教训,我向妈妈保证不会再随便动她的水晶球。

嗯,当然,紧急情况时就要另当别论喽……